石壁与野花

张晓雪 著

长江出版传媒
长江文艺出版社

图书在版编目（CIP）数据

石壁与野花 / 张晓雪著. -- 武汉：长江文艺出版
社，2023.8
ISBN 978-7-5702-2813-3

Ⅰ. ①石… Ⅱ. ①张… Ⅲ. ①诗集－中国－当代
Ⅳ. ①I227

中国版本图书馆 CIP 数据核字（2022）第 123087 号

石壁与野花
SHIBI YU YEHUA

责任编辑：谈　骁　　　　　　责任校对：毛季慧
装帧设计：青　葵　　　　　　责任印制：邱　莉　　王光兴

长江出版传媒 ｜ 长江文艺出版社

出版：
地址：武汉市雄楚大街 268 号　　　邮编：430070
发行：长江文艺出版社
http://www.cjlap.com
印刷：湖北恒泰印务有限公司

开本：880 毫米×1230 毫米　　　1/32　　　印张：6.375
版次：2023 年 8 月第 1 版　　　2023 年 8 月第 1 次印刷
行数：3492 行

定价：58.00 元

目 录

辑三 迷失胜于冥想

辑一　煦光下

天鹅之书（组诗）

飞　翔

飞翔。被逼迫被诱惑的飞翔。
避开了万物的致意与敌意，
越过了人间的赏赐。

飞翔。掠过街道、积雪的屋顶。
与一个歉意、一匹白马的安静
擦肩而过。

翅膀扇动时，专注于让心放下心事，
不知筹谋，不问道路。

一瞬间连成一排，挂在天上。
一瞬间又把大片虚空抛在身后。

栖　息

芦苇摇曳。河滩上的咕嘎声
多么缭乱。天鹅合群，

一双翅膀拍打另一双，

接近于白莲，前赴后继地
盛开。接近于银色的速度，
不可收拾的窒息。

天鹅漫步，倒影委婉。
一副好脾气顺着风的意思，

在一页废纸上画下了几处伤感、
足够的自尊和被时光平息了的
小事情。

日光往复时，单纯的白熄灭
多么困难。天鹅一跃，两跃，
或干脆一头扎进水里。

一再溅起的浪花，
即兴速记一首赞美诗……
宽恕了几段不能忘记的仇恨。

恋 情

天鹅。
脖颈缠绕的两只，是为了
允许爱拧出柔软的叙事
和整段的爱情。

迎风飞过的两只，
是自然爱上的。不分贫贱的
还是富贵的。

是触碰到情人羽翼下的体温
掩面而泣的。

当一个又一个绝尘之爱
碎纸一样纷纷扬扬，
天鹅起舞，流水变暗——

一切不安的日子
不可能摇动它们的心

一对，两对，三对……
静静地遵循爱的牢固，而不是
带着怀疑的契约。

钟　情

意犹未尽的回响，
是两只天鹅共同设下的密码。

它们嘴对嘴示爱，
意外啄下对方的翎羽，
是为了更好地保存相爱时

丧失了边界的触碰
和为数不多的表白。

一场恋情，毁灭般地涌来，
又拯救般地留住。

忠诚对忠诚的态度是：
至死只叹一个好。

是一份清白立起来，
抱紧了另一份清白，
咕咕咕咕地问一声：
冷不冷？

黑天鹅

它与生俱来的底色
当然不是黑暗诞下的。
是旷野里的锈迹，

一点沉默，变黑的谜团。
一点神性，埋藏于群鸟鹭鸶
和芦苇的摇曳中。

它把防备展开又抱成一团。
那一刻，务必高冷贵重
披着乌亮的反光。

务必看清凸凹不平、
吉凶成败的河滩，
敢于立在银色的波浪里
做白日梦。

它当然不是白天鹅的一面镜子，
默默对视却一片模糊。

曾绊倒过几只躲避的天鹅。
因渴望蜕变而使高瘦的身体

颜色加重。在它看来

所有的光芒都是微闭的样子。
群居中，认命般地领受了自己
…… 一个旁观者，
一枚流浪的黑影。

蚂 蚁

它素来不做冒险之事。
静谧，微息。

爬青藤，院落冷寂，
赤脚于奇崛、裂松。

爬奇石，白云归去，
八百里楚河汉界被摸到时，
高处皆矮，输赢全无。

它素来不做冒险之事，
比如垒石、伐木、筑长城。

兀自进出泥土，与野葡萄、
石榴、藤梨相安无事，

不似头顶上那颗流星
匆匆来去中如一根断线
或一段言语，消失了。

当它拱出沙粒，海啸后

沙海激扬不过是杳然的顿挫，

那逐渐散去的，像露水
只漫过了它小小的惊讶。

当它爬出砖头瓦砾，
在大地震中侧身倾斜的那一刻，

目睹的虚弱和卑怯，
竟然是山河和石头，而非自己。

钟 声

钟响，百里寂静。
旧尘震落，又覆上了新尘。

钟响时，银杏幽喑，黄叶相继离去，
后人开始描述前人的季节，

无言者向背啜泣，保持着震颤的写意
与吟诵。

钟声里有草木，有衣袂。
耕种之手收好了锄具犁耙，

抖袖持肩，待余音散去后，
不耽搁收割，翻土，捆燕麦。

钟声轻，钟声栖上树枝，
遁入白云或巨石，如歌者认归了缄默。

钟声昭示沉思，西风是必经之路，
一阵清幽声像一个人自酿的痛苦，
只用来拒绝。

而安详和普度离人心最近，
被背叛一次，复活一次，
与钟声保持着一缕一缕的沉入。

与钟声，在某个黎明的时刻，
为渺小者表达过贫弱心和不眠夜。

月 光

月光轻，干净。
一束放在我心里冷却，
谁也别想碰它。
祖母用过的，我拿来享祀
——一介纪念品如承载，
亦在启示。我担心
它被荣辱得失取来取去，
会不会变成薄薄的一层。

灼灼棉花

满眼美景，我不贪心。
只想摘走一朵棉花。
由此，我握住了你裸露的
虚无。以自身的笨拙
侵占你成倍的轻盈。

我爱你，不介意先自暗淡。
你连绵的颓废：无花香，
无折断，无深处，
使我无力试探而选择了
沉入和厮守。

你过分的沉默：不说，不喊，
不躲，不挣扎。使难捺的坏脾气
放轻了症候。

与你有过的摩擦
不是我使用过的一床棉被、
两只绣花鞋和心底埋下的几匹布帛。
是你情不自禁地泄漏：
你的梦我闯入了三次。

我畏寒。爱你时，处心积虑。
如同臣服，又犹如投奔。
我爱你白色的颂词和昭灼，
如同爱你无华无味不复蜕变的
那种缺陷。

青 瓦

青瓦有青瓦的界线。
低于星辰、萧萧落木
和沸腾的心。

低于炊烟、美而冷的积雪
和人生起伏。

青瓦有青瓦的晦暗，
像旧事物的苦思。

一个吸收了太多力量的静观者，
擅长识别人间。

风拖着，瓦片粼粼，
大片的反光是它说出的话。

情节不乱，言词透彻，
如前朝那一卷往事，

又如诗意的句式——
念头出自俗世。拙朴相连，

与背叛、曲解无关。

青瓦留下的空缺为永恒的天井，
静静地照亮漆黑的心底、禁锢的光。

而雨，是它有用的悲伤，
意象丰沛，被有情有义之人私渡。

为爱着的人掩住了一日伤感
和夜半哭泣……

绣楼

琴声饲鹤，针线赋诗。
时光镂空了绣楼。

一个被女子命名的人间，
穷尽了传说、山茶花和栀子香……

绣楼里有针刺的深浅，
但无死结。有对精致的领悟，

如大隐，隐于图案和光斑。
如抵御，抵御残缺的夙愿、
粗糙的心。

世界之变起于绣楼。
当真意交错一根丝的纤弱，

万千山水不带一片天空，
只择朝南的窗户。

云锦和杜鹃缓缓燃烧。
只择每一寸心。

绣楼干净，绝尘，绝无得失。
劳作如蛰伏，不具深意。

唯灯盏况如温煦，
抱紧了一个心无旁骛的女子
和她满足于渺小的心。

巷道

巷道绵延，婉转的事物
减轻了古宅自有的深重。

巷道是南方的汉语，
各种曲折用以强调感人与迷惑，

而非无用的阐释。
淡泊与宁静被视作另一种抵御。

此处，有人甘愿一无所知，
有人甘愿费尽踌躇。

不识忧患，不穷生死，
一段有节制的心绪遍及草木，

遍及"当大门"内的画栋雕梁
和"上新屋"内的伦理观。

巷道可能无法辽阔，
但抒情、怀旧。幽深的单行道

在风平浪静中，无所事事地
收拾翅影、鸟鸣、生活的琐碎
与甘辛。

巷道如旧信。古村人身置其中。
我读一日，动心了——

交给日月和星辰。每日落入热的、亮的，
失语者默认，真的爱上了。

雀巢

没有缺口和缝隙。
一蓬渺小的巢穴，茫然四顾。

贫穷之爱埋伏于此。
仇恨与罪愆因无法遁入
而放过了它。

屋檐下，朽木被一种细腻的生活
小心抱着，和大树一样
忘记了固守之苦。

内心自顾地荒废，
是我们寻找的那种自由。
现在，听不到任何脚步声了，
只有风可以找到它。

有片段式的梦，谈论过
泥和草精雕细琢的幽深，
谈论过憧憬、白日梦和耳鬓厮磨？

是的，鸟雀眷恋的微弱之爱

为一粒空间。无诀别与反抗，
亦无契约需要遵守。

熟睡时，它流连黑夜里的一团温暖，
沉湎得几乎听不到流泻的月光
在响。

黔菜记

甘蓝是被灌醉的丛藤，声色归心，
但认识受苦的人。

青豆躺在豆荚里，不执手杏花和流年，
或者与走乱的光线分界，沉思。

菜花一直开下去，看客沉入艺术的
阐释学，食客伸出了一只箩筐。

晶莹的真相是一束芹菜，
利刃站在上面，向着有光的地方划去。
脉络断如绝句，伤口贞脆且有用。

羊肚菌是素食主义遁世的食物，
冲破了"小鲜三分绿"的界限，
与空白、断句、内心放下的石头一起谈。

菜蔬无数，一畦接着一畦，
以善念安顿岁月。展望快手、好厨师
和铲、勺。

菜蔬无数，万物拿去旧日
交换黔菜的青、白、碧色——

云朵为茂盛支付过了。风，沙沙吹，
饱含着激情，叫卖天空的蓝
和菜叶的绿……

青梅酒

青梅结香，是被太阳和孤星
吻过的。是"无用学"锻造的匠心
提炼了她的苦思——

她的远端是果实里的江河，
内心暗涌。是人间不安的至味，
被诚恳的封条押守。

她的近处是一人举起的酒杯，
夜下独饮，讲述最好的活法、
变动的念头。一万个孤独
用来理解低矮的心灵。

而细密的涟漪是自酿的絮语，
只献给少数人。渴望倾情一瞬——
一起燃烧。醉成碎花瓣，
醉成一个不懂艰难的人。

烘焙记（组诗）

1
十二种物料的重叠，
包圆了一块面包的热气与蓬松。

包圆了无牙齿的嘴巴，
和她难言的说辞。

氤氲化心，味道如同解释，
如童年的回忆，不忍回眸。

2
原谅无知的潮热。十分钟的烘焙，

实为教科书上的指纹，
触动谷物必经的风尘和雨水。

原谅煊烂如沸、点心开花，
如无人收拾的心。

3
点在芒酥上的杏仁，突破了

种子的界限，

为不可问及，虚构意义，
为追忆和梦境表达抽象和譬喻。

4
菁华岁月迁。煦光下，
曲奇、提拉米苏如薄薄的标本：

包含的象征多于食物，
连缀生活的快感，大于温饱，
大于甜、熟、香、软。

原野上的小麦花

比起白菊、玉兰、茉莉玫瑰，
小麦扬花更像是一场不存在的细碎。

而她自己却有大道理，
使劲摇晃了一下低矮的表情，

对自有的美做出一个冷处理：
风过田野，我会怀孕，你呢？

她确信，结了果实的花朵，
是有用的涅槃，超出了花的定义。

但又认命，麦穗吸收力量，
需要用美和芳香来祭献。

岁月嬗变，日光倾斜，
仿佛除了顺从太阳的洗劫，

除了对世界毫不知情，小麦花
难有几分叛乱之心。

羊脂玉

并非胎儿，和你一起酣睡。
难解的梦，拥有美的线索，
守着又轻又重的秘密。

并非没有污点，只是它，
把黑暗化在了心里，表面脆弱
内质坚硬。

完美无缺的源头像被谁治理过，
令多愁善感的人慈心弥漫，
无言地摩挲，爱得直白又深刻。

头羊

野花倾斜，过微风。
飞鸟配一朵闲云，
抵挡着枯草上的卑微与病。
一群镇定自若的绵羊，
被山坡那头的表情不断地
试探着。

头羊沉默，食草，锋刃一样
陷入。想必它有对彼岸的追问，
但又保持着克制。

宁可徘徊，以迟疑的步伐
抵抗内心的指向，也绝不回头
与身后任何一只有同样想法的家伙
撞在一起。

丝 瓜

一个小店被喷上了"拆"字。
它的山墙刚好是丝瓜藤攀爬的
高度。

春天里，拆迁办的人砍伐了周围的树木，
断水，断电，对它心无戒备
或者没顾得上下手。多好啊，

只要能坚持到五月，丝瓜藤待在阳光里，
还有希望结出几个新鲜的丝瓜。

以热爱的名义

以热爱的名义，黄河和长江
被提供了无数次的合唱。
"奔腾，咆哮，豪迈，辽阔……"

可站在天上的人并不这么看。
映在他眼里的白光，真切地
是点缀在峰峦褶皱里的两朵浪花：

沉默、理智，且不辜负小麦、玉米、
棉花，这些俗世的稼穑。

贴对联

挂春联贴对子，粘喜贴福。
新的时辰，静物画、纸币
和被忘记的神都在回应。

像新年的外套，身边人穿上，
陌生人看见。庄重的喧哗，
用来搭建生活的缺口。

寄语泼墨，崭新的写意生出霓虹，
生出陌生的地址。
新的前程站在制高点上，消散人间大事，
加固穷人的幸福。

德令哈

一路上，
星星离我最近，
德令哈，离我最远。

此处，
太阳专注于
炫耀群峰，
描述它们的脊背，
俨然如鲸鱼一般的
静止。

一万里的蓝色，
小得不起眼。

当宁静被云
轮番撕破，
野花挺向天际，
像例外的生长
带着背叛
……

遇阴天

以晴朗为参照。
石头冰凉，空树枝暗影劈面，
自己也混乱了。

天半暗，新的变数无声无息，
表达着只与穷人、困境相暗合的样子。

此时，黑云压城，批评的语气，
全神贯注地遏制着某种人心。

除夕，外面的街道

终于，白鹭听到了马路对面的鸟鸣，
以为是街道归还了她的森林。

一如我以为，车辆休憩，
归还了我缓慢、自由的行走。

偶遇一个陌生人，彼此点头致意，
好像在说，街道如此宽阔，

居然只走两个人，意在满足忧虑者，
一试春天里的怀想和重逢？

路边只有一个小店开门，
张着嘴艰难觅食。门口，

几十条丝巾东飘西扯，风
帮助它们，舔舐整条街道的冷清。

将军柏

四千五百年，
活成了一个巨大的问号。
对流逝一无所知？
还是执意将流年击败？

雷声一响，
心脏开出了怎样的花？
当月光和大风袭击山涧溪流，

它用力摇晃，哗哗哗的笨重，
是在跌宕古老的往事，
又像以无尽的耐心刷新一种
巅峰艺术。

它老了，朽木枯枝布满荒凉。
春天不断地传播它的来世之春，
而嵩山则承担了它全部的孤独。

蔷薇树

墙下有人，看着一棵小树疯长，
披散成偌大的场面。

粉色如患时，路人张望
只是匆匆一瞥。只因花朵沉实、
芳香柔软，与温饱和抱负无关。

纷繁无序时，风放慢了速度，
因迷恋一小簇一小簇的鲜妍，
而蜷曲了自己。

蝴蝶与蜜蜂乱如幻觉。
而花朵喧动，不解世情，
以浓烈的芳菲篡改你，奔赴你，
葬你……

广场上

据说，良田迁徙，
地盘安命为广场。
蟋蟀委身于此，不再唱情歌。

草芥矮小，几分隐忍
窝着更强烈的乡愁。
雕塑、路灯与喷泉是广场的主人，
以无尽的耐心学习站立。

高处，一只鸽子数次回旋，
不知身在何处，还是
欲重新确定一个小位置？

人群攘攘，灵魂从练习行走的
躯体分出。高耸的眼眸
是看淡还是看重了人生？

此时，看客倚着树干，无语。
奔跑的少年，抿着嘴。
大风一吹，那些花白的舞姿和喧哗，
逃难似的，全都散了。

风看见

风看见，一座湖的响动
被投下的点点星辰摁住。

风看见，两束影子被决堤的激滟
堵在岸上。在夜的中央，
被追逐的月光撞见。

风看见，其中一个人用心，
捅破了薄薄的亮，窗纸一样的
相似。

此时，野花、树影和虫儿
淡淡地蜷曲，睡在一起。

夜空圆了。风看见，
空留地上的两对脚步声，
将草尖上的露水碰碎。

宅境

我喜欢浪费甜蜜的祝词，
从一朵苹果花一直到它累累的果实。

我赞美它——
与薄凉、逆光、雾霭构成的差别，
没有裂痕地结实，一步步甜下去。

我喜欢挂在绳上的衣物，
离开人体，沥干多余的水分
像获得了一切的准许。

我赞美它的自由，在阳光下
细细的碎花成倍地荡漾着香气
和自身的空旷。

我赞美半开的门，此刻朝阳，
所剩的宽度不多。一段摩擦关在里面，
穿制服的人瞥见室内，

但不足以使一床、一桌、一错句
被轻易推开。

我喜欢小宅境，闭上眼睛，
赞美转身抵达的迎接和平凡的事：

每一个都接受另一个的分歧，
然后和解。每一个都身无长物，
只剩下了"我们"。

风铃记

风跟着，铃声像一条很响的溪流
淌过来，窗户是必经之路。

我喜欢它不能忍住的摇动。
理解这归来般的声音，
有点自问自答，又像有针对性。

它替代时钟和鸟鸣，重新布置了
我洗漱、早餐、刷碗的生动感。
类似笑声划破冥想，令小世界的偏僻
大面积地天真起来。

我喜欢房间里的小事物，
恬然简单的无用之物容易使人快乐，
容易动摇那些类似铁石心肠之类的
病症。

雀舌记

你有一处僻静等我浅尝，
你有几片萌芽，携春色晃动，
投下的新绿有多重意思。

我喜欢你道出的一切，
能缓解沉默中的不安，
令细小的气馁、困顿
顺从妙不可言的微苦。
归寂于舌尖上的念白，句句都轻。

一杯雀舌，
我喜欢你风平浪静，视无常若等闲。
就像你懂得了无常后，
并不告诉谁，
并成为那无常的一部分。

雪

1

你看见我，无言，
像在致歉。
因为除了星星，
我也把你久等。

那么冷，你优雅，
如羽毛簌散。
你有暖风的，
它伏在柔情之下，
仅隔着一道原色。

那么轻，如随手
弹去的尘屑。
你有寂静的，
它不重，却触痛了
庞大的外面。

2

那白里的内容，
代表意愿。

她冷静地
从高处到低处，
从富贵到贫穷，
以自己的浩茫，
修改掉不爱、
不公的部分。

借来的

他写故乡。写到方言、水桶
和樱桃树，写到那条河也老了，
就哭了。他自称是钢筋水泥中
爬行的蝼蚁。或被风吹走，
或伏地成灰。

他写一桌、一房、办公楼下
墙角处，一棵瘦弱的花朵，
叹息它们都是借来的，而他，
只不过是个一晃而过的路人。

连户口簿上的城市、人名
也是借来的。"我无非是逛逛
这个城市，在一个无人注意的
角落里，停了停一个虚弱的自己。"

一条后路

父亲为你备下木料、
砖瓦和玉米地。之后,
便开始为你周而复始地搓念,
周而复始地耕种。

他盘点家产、活路时,
非常肯定地说:
"回来,即便两手空空,
也能种出生活。"

相比你的功成名就,
他不舍的是谷草,
不改变的是对泥土的信任。
他依然怕你流离失所,
一无所有。

即使你早已改变了命运,
当他想起生活的残酷时,
便放任风碾碎了幻想。
转身弯腰,继续执着于
一望无际的玉米地。

拉布拉多自述

我吃腻了苹果、面包和冷藏的酸奶。
自从得了胰腺炎就住进了医院。

我睡腻了不锈钢笼子，患上了失眠症。
因拒绝穿时装和皮鞋，被爱美的主人
狠狠扇了几巴掌。

窗外，天空高远，鸟儿飞翔。
但我，还不能轻易做出选择：

该去哪儿觅食呢？主人，没等张嘴，
就崴了身子。想过自由、冲动和反抗，
却再次止于你压低的呵斥。

九瓣玉兰

她微微张开的嘴唇
招来风的拥抱，
被吻过的地方，
泪水取代了沉默。

仍是无争之静词，
白玉一样，
隐去了情节和内容。
她铺张新鲜的日子，
无际的虚怀随风丰满，

像鸽子栖上树枝，
簌簌的翅膀扇动，
处理掉了生活的乌云
和胸中的黯然。

至味

有时，桂花是女人的心思，
分泌脂粉气，
为了擦去生活灰心的部分。

是最早的爱情。含糊的表达
实为对欢喜保持一丁点儿克制。

是你长期被忽视，停下时，
它冲破暗哑，迎了上来。

素花意义稀薄，淡妆适合靠近。
暗香如真情，经受了数不清的浪费，

经受了数不清的手指伸出，又收回。
似俗人难以承受的轻，像仇人

不忍获取的报偿。多么幽僻啊，
多少碍难被这绵薄之力解构，
而这之前，你的心是乱的。

广场舞

"怎么也飞不出，花花的世界，
原来我是一只，酒醉的蝴蝶……"

公园里，众人操练翻飞、醉酒
与合翅。过剩的激情，

对着某种平静示威。
如暴力，加重了万物的不安，
草台戏重复着，强扭自身的指向。

偏僻的小路上，有人忧思、低徊，
隐忍着叹息：可悲了，

溪光、鸟鸣和蟋蟀的歌唱，
被嘈切的音响划出了剧痛。

可怜了，蜜蜂扑翅提心吊胆。
一沓沓舞步的紧张感，

令长春花的怒放，
如朵朵被击开的怨愤。

嵩山记

对于抽身俗世的人，
嵩山的海拔即为其宗教，
耸立于无惊涛的内心。

是成败之后的结论，
一路阒寂召唤野花、风光、
被溪流处理过的石头。

召唤低处的苦思，
将多余的盲目减去。

它认同站着的人
和他心中没有说出的话，
像好文章的开头，
关乎内涵。

它参透世情的样子，
愈显沧桑，愈不被理解。
仅与千年古柏树的沉郁
产生共鸣。仅适合对少数人，
说出。

它叙述缓慢流逝的事物，
但从不玩味自己的命运。

一如方丈的余生，
隐忍了太多的疑虑后，
不阐释幽冥与深刻了，
只感知神的无语。

熙熙稼穑

有人攒钱。谷穗攒劳作、
裸露的肩膀和年月时令。

攒天下所有荒废的健康
和秋日赞美诗。

三寸晴朗正好。田野里的故事
不植桃园境，不填楚歌于满怀米黄。

谷粒担当的典故，像柔情与硬骨，
仅守着心田。

它至尊的样子，是弯腰、沉实、
避让喧哗。一万亩平静催动的悠荡，

被日光和疾风，穷追。
谷穗不拿春秋，不催促生活。

叶落遍地时，忠心耿耿地熟。
之于那被忽略的，稼穑的真谛，

好力气会一袋又一袋地
给出答案。

方言

说不出生动的话，就用方言。
配上鸡鸣犬吠、一簇矢车菊。
配上低头吃草的羊，头埋在草窠里
替我们聆听。

说不出标准的话，就用方言。
或一概不慌地笑着。空气委婉，
蜜蜂和唱。别致又透彻的自己，
持有一颗不可侵犯的心。

来自方言说出的旧伤，不加克制。
像漂泊的生命被领回家。
任崩溃的心输给一场落叶、
十二只酒杯……不堪的底牌
被风翻动。但风是无法知晓的。

而那借助方言说出的"爱"，
口吻坚定，强调来自肺腑。
与葡萄架上那么多词一起
酸甜深陷。

期 冀

工地太多，差一间陋室。
阳光堆满的街道上，
泥工木工钢筋工，热力灼人，
却造不出与内心相等的东西。

拆迁掉的院落，白鸽丢了，
雪人留下了滴泣的静。
无法望见的生活里
仍有小期冀穿过街巷，
是城管认为不用看见的
范围……

但两三声鸟鸣不解世情，
关心命运，饱含热切。
碎砖头则隐去姓名，磨砺中
加大了风吹来的力度。

夕阳

从友爱路到沙口路，
我走反了。
不认识的黄昏，
夕阳还是照在了我身上，
一个，它需要的地方。

流 云

奔跑，用尽全力，
98 路车还是错过了。

而视线所及的范围皆是车流，
滔滔绵延而平静。

路边，一阵风吹来，
衣角翻动着焦灼。

站牌之上，
一片闲云低徊，静止，

说着安慰的话：
尚有一朵，刚好是留给你的。

梧桐树

几分坚定，秋风将如意湖
吹成了镜子。
澄明之物不接纳附和的掌声。

几分旷凉，爱意在心头决堤，
猝不及防的言辞，需另起一行。

一树楚楚展开的苍然，
独具消散、加固、孱弱
和坚韧的能力。

在前进路小学的门前
抖掉积尘，落下了种子。

辑二 彼岸事

核雕者记

1
他的心，无限放大了
一枚果核上的万古界、无忧境。

漫漫毫厘中，田埂蛰伏，
渠畔和路旁留出了许多空隙，

待一节柳枝插地发芽，
待小南风挂在树上，轻轻摇晃。

2
针尖似的蜜蜂，旁若无人亦无己。
来自"上天的磨练"表达清楚了，

一个翅膀无法自抑，另一个
与他应和，一样发出了
嗡嗡的轻颤。

3
刻刀游弋，不急于寻找河岸、
固定人心。船桨、炉子静安于船中，

已经受戒。痴迷者沉淀纤毫，

以念珠、手卷的逼真，摁住了
人间的咳动。

4
他爱核舟上朝南的窗户、
卷帘的少妇，
胜过八百里浩淼、一万米的
追念与秋风。

爱核雕里的菜畦、麦地和打谷场，
粗布衣衫的胸襟处，
敞着粮食和蔬菜的气息。

5
他受难般地倔强。专注于
刻出一枚果核的辽阔——

"山高月小，水落石出"，
刻到苍老动情，人世形同虚设。

水帘洞记

它纷乱，像粉尘
虚化了喧哗与悲情。
它独自，日夜流淌的
一行白、一行轻，
如不食人间烟火的遁世者。

无限的耐心，
如同还在苦等那个安定天下、
烟尘一缕的行者。
一意孤行地解释着
一个身世的源头。

机器人

1
它过人的能量
以"虚怀"和"恳切"示人。

了无生趣时，
为我播放音乐，沏一杯茶。
铺开白纸，用颜体楷书抄写了
一首古诗。

2
流水线上，它分送玫瑰、蜡烛
和蛋糕，如同抚慰一个个陌生的

亲人："今天是你的生日啊，
我的小主！"

对方虚弱了一下。仿佛撞到
一个结痂的小伤口，

她双手冥合，真切地获得了
一个愿望。

3

疏于自述，却是对弈的高手。
耕种瘠田，挫败了劳动模范。

它礼赞春日，对于脱离轨道的歧路，
则侧身回转，挥臂变冷：

我怀疑你，反对你，我
离开你。

4

大雨来临，一个踽踽独行的人
克制着寥落感，等候机器人
擎伞接送。

明明与它走在一起，
你却备感孤独。
只因它不牵你的手，只因
它交不出一颗欢喜心。

青蛙村

蛙鸣阵阵，草色入帘。
诸事安顿好了，林、鸟、月、树，
每一处都是执子之手。

每一处都能交出翠绿银白，
瓦解你内心的狼藉。

菖蒲和芦苇平分了涓流香溪
小有起伏的虫鸣，一首为情所困的
萎靡音，与秋风一起灌满了衣袖。

一棵银杏是我们共同路过的，
以雌爱之心回应我的惜别之意，
清雅战胜了苦涩。

长圻码头上，太湖清风纷扬，
一半止于橘红和篱笆，

一半碰撞西巷村的白果树。
脆裂的响声推动暮色和香气，

并将石板路上的我，退成

瑟瑟的柔弱。

琥珀记

它从不陈述衰老和错失，
内心的波澜——
没有生死差别的声息
像一种复活，初来乍到。

这些毫无经验的杏叶、
蜘蛛和蜜蜂，如修炼之人，
与世界失去联系太久了，
如何参透狂风和雨天的危险性？

这些毫无经验的杏叶、
蜘蛛和蜜蜂，将时间越拉越长
越磨越亮。像心头默续的承诺书。

我触不到它闪闪发光的空间，
如彼岸的孤独，难以评估。

我赞叹这翕动的沉默，
无一破损。甚至忍不住想挤进去，
这样，那一万多年的时光
就是我的了。

海滩上

在一首诗里，
阳伞下的一小片沙滩
用来放任隆起的乳房。
世界安静，轻颤着丝绸的光泽。
她们被视为流动的波峰，
被几位大醉的诗人叹许。
然而，发表时
那海风沐浴过的一行
被编辑删去了。版面呵，
大概以为她们不堪入目？
但乳房确是神圣的东西：
"总不能在维纳斯的胸前
遮一块布，"那样，
"即便雕塑家不提意见，
欣赏者，也不会同意。"

钻 石

世上最硬的东西在于
能忍静止，忍锈迹，忍黑暗。
现在它将永恒也忍了下来，
更加小心的，是无限亲近的刀刃。

光阴之物不镇祟辟邪，
不切入有能量的思想。
刺眼地亮着，使丑变美了
使自卑者承认了自身的黯淡。

最硬的东西反对触摸，
强烈的光芒钢针似的
直扎眼睛。
一道狂喜被刺出后，乍然
弱化你内心的刚毅。

云过屋脊

——写在钱穆、钱伟长故居

1

那块"七叶衍祥"的意义被用旧了之后，
一棵老树生出了几片新叶。

七房桥被用旧了之后，白色的石牌
长出了思想。

伯渎河上，一只水鸟默然于浪尖上
练习行走，一种技艺，在宽恕车声和人流，

又仿佛对一个时代、一段光阴说，
慎喧哗，慎妄自菲薄。

2

云过屋脊，稳下来，
稳于丁家乐谱、丝竹琴
和瓷碗上的歌唱。稳在破晓的黎明，
看我们对着"私塾"行注目礼。

生动之处波翻意涌，

由情节构成的岁月开口讲述：
误差控制于内心，出发难有终点。

3
被力学的真理驳回的，不是刀片，
是一些需要修饰
才够得上深刻的人名。

4
据说"怀海义庄"赦免失败者，
照看读书之人。

一页一页的心迹，曾伏于桌面，
方寸之间波涛静立，

涌动的暗流，冲散了多少丧乱的
倒影和朽败。

一本一本的沉思，堆起主张与刻度，
敬献田间种子，送入啸傲泾，
交混深沟和波澜。

5
云过屋脊，云过素书堂时，

五倍于自身的轻，十倍于自身的
洁白。只因

它迷恋的洞见和推敲，藏在
此处的灵魂中，时代之论

连接故人的手迹，
辗转楼台、梯子和一间陋室的
开阔之境。

6
太安静了，日光把现在的日子
认作过去，反复抚摸百年屋檐
和沉默的偈偶、陈旧的书。

依次留下的暗物质，
多么皎洁而恍惚，闭上眼，
遍地光芒，一言难尽。

7
屋脊上，一朵云在洞悉溯源堂的
高深，另一朵恍然身在前朝，
陷入清朗的读书声。

倪云林祠

远处，泉水潺潺，
老屋如同一处静物，
苦练深邃与幽闭。

偶有蓝鹊于亭台跌宕，
分解着陈旧，
用力地修改某处的败笔
和歧途。

芯 片

有了芯片，
有人在心里举起了打火机，
燃掉一纸端倪和叩问。

更多的人以脱离世界的方式
共享月斜影横、杨柳夹岸。

来自芯片的信息告知结果，
但很少提起不合时宜和令人疑虑的。

芯片统一了凡物，
攀登者将黄山、泰山……
喜马拉雅山描述为褶皱或地质层。

水滩上的少女捋着湿漉漉的头发，
称青海湖和汨罗江为氢氧分子。

所有的秘密被芯片置于险境。
唯爱情获得了祝福，
因为它还未被开发，

因为疼痛和哭泣像某种喜悦，
都是情不自禁的，
且发不出同一种和声。

蕨类植物

不同于谷物、稻米，
铁线蕨和悬崖蕨有金属般的锋刃，
油绿绿的，幽暗粗野，
不叫铁，也不生锈。

籽粒有限的草木，不为俗世寄生，
枝芽探出时，细小的锯齿
扶不起崎岖的稼穑。

它们高的高，瘦的瘦。
参差披散的长叶从低处开始
一寸一寸收割大树上的蕴藉
和岩石间的泉水。
一点一点地锯碎乱草中的冷冽
与哀叹。

此岸村庄

——写在长江村 *

1

河光颤动，风情多于譬喻和讲述。
波浪淘沙，波浪于此处放缓
即为幽深所在。默默地流逝
为此岸村庄抛弃了旧时光。

2

风吹桂花如同寻求栖息。
而暗香并不稳定，从领口开始，
泛滥至铁树、屋顶、孤独者的思虑。

无数的话语与芬芳混在一起，
纯粹的柔软，如泛爱，
抵抗所有失意者的皱缩。

3

村子里，富贵群蠡，
改造过的事物应有尽有。

别墅算是一种，领受黄金、白银

是另一种。鲥鱼淡淡而不被充饥，
像无名之物的潦草。也是一种。

4
中央公园里的碎荫、草木
填平了全村的荒僻。
溪流洗刷人心之后，依次排出了
枫杨、水杉、茉莉和红椿……

它们与生活交换纹理与流变，
保存树叶的沙沙声，使每日葱茏
胜于往日。

5
傍晚掩住飞花和薄衫的妩媚之术。
电瓶车似一条曲线，划得兴奋、幽暗。

斑鸠、鹭鸶受到惊吓，飞走了，
空旷甩在身后。野芦花落向低处，

无边际的寂静，是留在滩涂上的后遗症，
强调不可言说的部分。

6

过客尚未散尽，缭绕于村巷富足的生活。
激情、欢乐、复杂的设想已不能分清。

但任意一种所得都带有自省的性质，

一如一只在场的蜗牛，对绰绰宽阔的感知
实为对自身拮据的度量。

*长江村隶属于江苏省江阴市夏港街道，位于夏港镇东，
与江阴市区接壤，北滨长江。

丝绸之路

到了康巴什，
丝绸之路比古代平坦。
"奔驰"一晃而过，
牧羊人身上的衬衣
亮着几枚金纽扣。

而马匹和羊群
早已不辞而去，背对城，
颠沛流离地寻找新的草原。
回首与张望，
都忍住了吗？

黄江一日 *

1
葱茏围岸并不是黄江的全部。

空白的地方盛放了鸟歌、碧澜
和促膝的静和。

2
世俗的穹窿下，万木浴尽了流水。

十里小山如典籍。奇、秀、曲、回，
处变不惊的那种阒然，
视为自有的峥嵘，与旷世无关。

它们是感人的守候。又是伫立的倾听者，
放弃了任何晦暗的想法。

3
公园里的书屋是一处冥想，
又似城市图书的某一页，

被置身现场的人指认。理性地

追寻乌有的故事，证实某种生活的
高度。

4
穿制服的女工被生活催促着，
遇低处逢生，实为对欲求的克制。

一再被假设的命运
等同于十万个计件的序列、数据。

等同于少女的耐心、单薄的青春
加在一起，抚摩芯片、晶体……
将心中的块垒磨平。

5
自行车道上，骑行而过的人像春天，
穿过所有和煦的联想。

一种生活方式从心灵出发，又甩开心灵，
环绕秀峰、天籁和宝山芙蓉，
并成为它们的一部分。

他们简单地阐释辛劳，不辩解错误。
把山峦的漫长飞快地抛在身后，

犹如恣肆的风华重新开始了……

* 黄江镇位于东莞市东南部经济带的腹地。

观 "曼隆克虏伯电梯"

所有的人间事都是直接抵达的。
又像关隘里的岁月，经良辰，废歧路，

檀木之纹不腐呵，
锃亮的镜子，让许多不明白变得明白。

我喜欢这笔直的引擎，反复外延有用的边界。
解禁无法接近的和曾经弃绝的。
并使他人的站立孤峰成僻。

它遭遇陌生人，感知世道人心和未尽之言，
允许他想走就离开，疏通内心的道路，赏花。

它心无戒备，不设回答和疑问。往来的力量
囿于不可分心的尺度。仿佛背面有道法低徊，
眼前有神。

起起落落的加速度，拆分了多少翅膀和高度？
尚未企及的无限事，消耗着行动者的内心。

电梯版本不一，都是忍耐之物。跟进了

无数踢踏的清晨、逃之夭夭的歌。

当越来越多的际遇一派繁忙，它的存在
更像是自觉对盲目的支配。

此时，两段停顿的叮咚声令时间延后，
移步换影的人，簇拥着克虏伯电梯的反光，
辗转犹如自新。

而过客无声，收藏了值得回顾的瞬间，
他们要把此处的某个错失，当作真的可以重来的事。

云在山巅

——写于攀枝花营盘山顶

云朵碰着云朵。
云朵踩上滑行跑道，
嬉戏于一种游弋的速度。

一时，它的尘世反复挪动，
既交付天空又飘坠绝顶。

云朵蹭着过客的脚踝，无果。
把言辞压至心底。

当是嗔怪一个复返的恋人，
瞬间又下定了决心：爱不爱由你。

它叹息，营盘山顶适合告别，
不适合相互厮守。

此言无声，却将阳光微微晃动，
忐忑贴着修辞，结队悬浮，

类似柔软的伤感，依附永恒的山谷。

而此时，蓝色如美德驻步，

允许爱允许恨的样子，
缓解着自身的庄重。

不远处，云朵一动不动，
任蝴蝶在它身上扑翅、颠簸，

直到找出适合闪现的起点
和适合隐没的终点。

它长久地缱绻，一堆怡乐充裕地
抵御、消化一座山的空旷，

无数次地扣押游客的眼眸，
以便阻止他们搬走金沙江
潺潺的流水。

临海一日

——写在南长城 *

1

砖壁昏暗，一个难以自明的倾听者，
在漫长的静止中，足以揣透金石之音。

无数的离乱混淆过此处的岁月，
包括曾被围困的城池和寄不出的家书。
无辜者的离别，不堪于言语。

2

空空的瞭望口暗喻忧患者的眺望，
在不成功的辨认中，仍有什么需要寻找？

寒风折了又折，城墙倔强、沉着的程度
无异于明朝。但风骨却有了新的立意。

落叶纷纷。一群登高的人，
正对着不可能再发生的旧时光，
沉入失败的联想。

3
南方柔软，长城是它身体里的藤蔓
绕过了江雾、楸木和小兽。绕进古樟树

神一样的姿态……朽木了悟，枝叶舒展。
一个穷尽遗忘的过程告诉你，
陈旧和新鲜都可以累积美和感动。

4
顾景楼在羁旅之途上算作一个归宿，
容纳小路、落日和整个东湖的漾动，
容纳粒粒星宿和盲人、沉默者的内心。

现在，它经受的一切喧哗、逝者，
或某个遥远，皆为另一种极致的抒情。

5
登高，忧天下。白云楼以残损和冠冕
辨世局。碰到天道和人心，切切悲悯
是它盲目的力量。

道士置符箓，置素食，置未经释怀的世事，
像经历过无数悲剧的人，无比平静。

我们取景，当是取走纪念品，
乱了楼外青山，和楼内的安详。

6
远处，灵江与潮水相碰，又作别。
朝代陷入细沙的流逝，恍如往昔毫无内容。

而巾山上的塔群却被月光镀得发亮，
后世追寻时，一些奔赴、仰望和获取，
皆调校过自身的伤痕和虚妄的确认。

7
街市喧闹。长城沉寂，
荒废与凝重细琢的某个问题，相抵于心腹。

我站在这里望行舟远影，
一个和解的视觉征得山河的同意，

类似在自身的宿命里静置、遁世，
将紧张感投入长城内永恒的
喟叹。

* 临海市江南长城景区位于临海市区，始建于晋，扩建
于隋唐，全长 6000 米。

侗族大歌

一开始，女子身上的银饰
嘤嘤碰撞，携微风颤动不绝。
无邪地闪烁，如情感占据了暗淡。

接着，衣裙起伏涌动，
影子美如虚构，五个、十个、一百个、
一千个、一万个……

银光，如大雪封山，
小黄 *，白至虚无。

韵律推倒哲理。古老的歌喉
甩动上扬或低沉的潮声，

可回应你心底的颤栗和激越感，
而黄昏的风已主动退让，在远处
静观波涛：

歌唱无鼓乐，引领不暗示，
和声，只辨认花开鸡鸣、万物生长
与翕动。回音鼓满暖风，命名为泪水。

挽留、铭记、回旋，传扬精彩的生。
掩埋一枚榕叶落下的响动，
只给流水知道。

幸福的天籁扶起忧伤的天籁。
杂乱与细巧默契，只给生活知道。

是的，他们在歌中寻找自身，
或者从来就没有过野心、真谛，
因缺乏经验而扣人心弦。

* 小黄村位于贵州从江县高增乡，是侗族大歌的发源地。

陌生人

走进电梯，只有我和他。
瞬间的相望，算是彼此来去的
应答声。

我们分立两侧，
止住了内心的颠簸。
凝望清晰的虚无之处，
开始寻找另一个搁浅的自己。

大段空白，沉默不语。如眼眸里
行将渐远的风景，无可恋。
并身站立着，两缕形状平静的心绪
可交织每一寸的卷悟。

虽然转身已是不再重逢的两个灵魂，
走时也不会丢下一个眼神。
但那一碰即碎的静谧，
发生过隐秘的揣探与克制。

打扰了

打扰了，小虫子。
我咯吱咯吱地走在草地上，
是你用最轻的力量
将我举起的？
但我必然辜负了你，
说好的分界线，
每次都是你，歪歪扭扭地侧身，
让开狭小的身体。
我必然是辜负你的，
我与人世混为一体，
就是揶揄你的物证。
而你，一无所知，
只用对好人的尊重
来回应我。

忆春天

解下围巾。经风一吹
内心的籽粒与草木一起

开始移步。长出绿芽，
长出没想好的那种瘦弱。

我喜欢这样的春天，
没有仇恨，亦不需要勇敢。

飞燕出发，望过去
斜侧的影子风一样跟着。

一种野生的快乐松开了，
很容易就滑到了季节之中。

它们毫不介意过往的危险性
是否被仁义礼智修葺过。

春天，一片空着的山坡
被重新装满：

金盏花、藤蔓、小鹿和豌豆，
一个个轮回，和我一样，

被承认过了，
并习惯将无数个春天里

已承受过的境遇浪费、模糊、
经不起回想。

路 过

对带着阴影路过的人，
小区里的广玉兰以最大的善意
开白花，开紫花，朝着他寒暄。
打开的真貌反对虚无，
收拢的，穷尽秘密。

有风吹过时，花瓣簌簌落了一地。
深陷其中的一串脚印，
终是遇上了自己的愿望，
走着走着就平静了。

一直走到芬芳的尽头，
即将用完的一天就完整了。

现在，一个暗淡的模样毫不自知地
生逢皎洁，恣意地轻盈起来，
像被原谅过的。

谷物与青菜

没什么可说时，
我就说转基因，于是
对五谷杂粮就产生了敌意。
没什么可说时，
就说反季节的青菜，
并替一只山羊咀嚼了浓烈的
苦味。

但我们依然吃着笑着说着：
太阳承认一粒谷物或一棵青菜，
对于它们的反常却无能为力？
说着说着我就沉默了。
是若干次练习的
那种沉默。

石壁与野花

那块石壁的跟前
长出了一朵野花。

像是在一个极偏僻的地方
安放了童心。

它们全都承认自身的孤独。
只不过，一个似先知，自省。
是我们一直想抵达的去处。

另一个两手空空，等凋落，
懵懂无知地爱这个世界。

它们像好不容易走到一起的，
再无未竟之事。

又确定是彼此的轮回，
都保持着被解救的样子。

春 分

而今，迎春花一朵一朵
被春风磨碎了。

春分之前那些照人的绽放，
一种无规则的表演，
经过风的处理，心无所恃。

这一天，明暗平分，互为心机，
都以为参透了对方。

但纯粹的良知或者纯粹的夙仇
讲不出生动的故事。

让我们在对手和知己中静静地
学会掩饰、忍耐，如同幸存者
适我所愿，春分。

梨花记

翕翅、颤动，稍有不安。
风大起来，千层细腻塌陷，

到处都是旁观者皑皑的困顿。
踯躅的人不向前了，茫茫然

对着旁若无人的白妆。
梨花开得具体，香得委婉、抽象，

一片来自峰顶的积雪，不被轻易摘取。
像很深的体会，不需要出声。

许多日子，梨花又如召唤，
兀自开着，扶起了很多乏力的病树。

一直开到路边、沟沿、田野，
开败疾苦，越过了鸿沟。

而人间的应答声不易被察觉，
有的应，有的不应。

究竟人间，哪些事才是与自己的心情
合拍的？

一径一径的白梨不知道，
又像是知道的。

樱花记

节气走动，走弯路，
走成茫茫的景致，越来越轻，
迫近于我们热衷的事物——

草木高低涣散，
柳蒿、升麻需干枯时打量。
风，是一见钟情吹开了樱花。

樱花开至恍惚，开够一生，
开尽的碎屑，欲飞未飞——

即刻的情绪，
看不见私藏，已自失。
即刻的情绪是为谁怀有了
足够的兴致？

稍有的裂隙，以意愿翕动，
已看到一个人和解的内心，
准备和微风翩翩起飞，

已看到另一个人，

绯红的回眸，在取与舍之间，
保存了一朵坠地的樱花
和它伤口上的簇新。

他的五个房本

如今，平坦的路上他一步一徐，
身体里再无小兽翻跃、扑动。

一个失踪者的内心，翅膀闭合，
下沉与晃动均无力抵抗。

颤巍巍地撕下一张水费单，
在寻找生活的路上一退再退，
再无任何激动的东西为其发动心跳。

人间烟火正旺时，他孤影低徊，
抚摸着五个房本的虚空，

目睹五个房本对着他，
无力扶起一间为秋风所破的茅屋，
报复他几十年来的历历悭吝。

四 月

写四月的人很多，
但四月变了。

以前的四月银杏高大正直，爱自由。
现在的银杏落得那么低，欢娱花园，
专门用来拜谢旁观者。

以前的国槐活得像石头，
只解语内心深处的铁骨。

现在的四月，小溪蹑手蹑脚，
客串的清水，欠了太多高远的事物，
比如石头和悬崖。

而蔚蓝只依偎山峦，只听神的启示，
对人间的过问，则带着灰白色的弱视
与怜悯。

平 静

她有纯粹的宽容之心。
一杯水无须沉淀了才去喝。

对落上一粒灰尘的钟表，能做到
内心擦拭，而表面平静。

薄虚的问候发来，
与一笔无危害的债务相仿，
她会选择俗气的图片来偿还。

真心忏悔过自己的过失，
但不跪地祷告。一把扇子能摇醒的
不请求神来宽恕。

她平静得近乎参悟了世道人心，
且越平静远离的就越多，
这多么不好。

卡通图案的床单

可惜了，朵拉、小丸子、凯蒂猫，
曾被隔壁的孩子抱过、背过，
交换过……
有时却铺在一张病床上。

她们唱歌，玩耍，做游戏，
那个渴望被爱的病人在萧瑟中
真切地获得了热闹的迎迓。

他努力地祛除汗渍和药味，
无限的伤感在于不能以一种欢乐的方式
与床单保持着命运的对称。

路遇的错失的

在寂静的森林中，
大树峻拔，不求解天命。内醒。

幽叠草连绵错节，斟酌、推敲而不辩。
石头偏偏选择了下蹲的姿势，
冥思不用说，处处都是见识。

秋风终于找到了树林，缓缓穿过，
驰援堵在路上的来者——
蝼蚁受伤，扶扶草芥吧，

秋风作为有用的负重者，
路遇的、错失的、错过的有所区别，
但都被它视作痛苦的逝者。

过客们

雨，打在青瓦上。
先洗干净，再戒往事，戒异想。

青瓦在高处默记，
"唯有孤独恒常如新"

一句陋室的名语
撑住了那些将要歪倒的旧时光。

雨过后，瓦缝草和苍苔疯长，
斑驳的风向西。

曾经的过客们
拄着拐杖，已经很老了。

废弃的花盆

整个春天，
母亲都在深耕那几个废弃的花盆。

现在，荆芥丰茂，马齿苋骨骼稠密，
不宽敞的葱茏，便是她洞见的开阔地。

她种菜的时候，过去和现在是一样的，
抑或是走在还乡的途中。

重复她年轻的时候，
拿着铁锹，站在田埂上，

所有的种子都埋在未设防的地方，
所有的枯黄锄到明日，有声有色：

青春被田野拖拽着，
盎然的腰身，毫不费力地
扮演一颗谷物，用尽了光亮和精美，

递及尘土、风和简陋的逆境。
连暗淡都与春色相宜，连苦难
都是心动的。

老街

没车的时候，旧站牌等你路过，
约定当诺言。沿路宽敞，
一簇簇木槿花真是好看呢，

我经过时，能感受到人被爱慕，
日子也匹配。

有车的时候，老街被分割成了
一小片一小片的江河湖泊。
迟到的风云各自有道，

但多数时候，
不得不在同一条众人路线上拥堵，
不论合群还是不合群，
不论是奔驰、宝马，还是我自己。

多 像

"你们笑起来多像啊，
简直就是来自同一棵具体的树，
暴露了相同的纹理和过程"。

"你们走路的姿势多像啊"，
众人复述，犹如小诗的开头，
完成了一次虚构对真实的比拟。

父亲一向宽大，不甘落后，
却喜欢我跑在他前面，
"腰直起来，直起腰来"，
他一声声不加修饰。我一寸寸
挺胸念悟。

但我们从不谈及陈旧、幽暗、
不可修葺和荣辱升沉。他理所应当地
分给我宽容和足够多的爱，

我却在无限地展望岁月，迟滞，
回应缺少，理所应当地忽略着他，
不止是侧面和背影。

月色

它消磨守夜人的独坐，
决意照得更亮。

披于独自行走的小孩、
某一条山路。
也曾看过你的眼睛。

形单影只的人是月色的专属，
从不亵渎一场清辉和毫光，
因为他们都有相似的残缺。

它朦胧或者亮白，都是一无所有。
但它逃脱了自己，圆圆地坐落
高于一切。

致十岁女儿书

现在，我品尝的收成，
是你眼中的赤橙黄绿，是你学会的
越来越多的字。

现在我以渺小之心煮饭洗衣，
擦拭灶台。熟练地削给你苹果、
梨子，踏入人工合成的教科书。

对于一个重复我生存和消亡的人，
是一次成功用尽了另一次，
又是一次失败起于失败。

年复一年，心在不停地问，
石头、云彩、星宿和碑诗不停地说，
唯有你，才是我偏听偏信的部分。

你玩驰的生长是我走宽人间的发言权。
你的泪水不涉及忧患，
却是我的大雨。

初为父亲

你真的愧对，
一个曾经水源枯竭、沉默锈蚀的地方，
竟然是一只鸟雀的出发地。

而她生于淤泥，却长成了芙蓉，
皎洁的一朵莲宽容着你的渺小
和不像样的枯萎。

她如此礼貌地洁净、新鲜和微弱，
如一个即将开头的故事，
不用写就开始打动你了。

你以非凡的温柔抱她，
内心渐渐安谧，越来越多的
力道啊和悟性啊跟着她萌动，
有可能就是，有底气的生活。

东风渠记

东风渠上，一抹微凉整合过的水质，
超出了饥渴者的想象。

此岸，爱情没有词语，但可描述：
所有的准备在双人椅上不确定地
摇摆，天空下的谜语等待确认。

彼岸，几个不谙幽深的人，
无所谓理解与领受，

无所事事地溃散而过。
没理想一样，匆匆撤回了自己
被束缚的倒影。

旁 枝

只有提醒，才会回答。
求生欲分得一点阳光，尚有节余。
滴水藏海，仅一寸草木的芳华，
被风一吹，就心惊。

成熟的浆果盛年趔趄，
只是一落地，一树高蹈就停止了。
主干等着延续明确的意义，
旁枝用来烤火。

致诵读者

诗情伤感，你说出了它。
如隐形的羽翼去而复还。倚立自移时，

它聚集的叙事和片段承接了一颗心，
一个无法自抑的回声。

你诵读漫卷诗书，诵读春风侵染，
与新木锻造"高耸"，宣布"有言"与"颤栗"。

与枯叶铺陈斑驳，言说它被借喻的理由。
诵读不是号角，是争鸣，

邀请新事物把星辰吟成诗，取代旧事物。
诵读不是叙述，是卷然的沉浸。

肺腑里的灵性有无名的默记，
你道出了"浅者如空，深者如碧"
与一个隐喻者的内心，相等。

你言辞里的湍流只可听见，但无法借用。
堂前飞燕能分解光，分解不了你的余音。

你读生活，宽宥、丰盈。

如桑陌上的枯黄，被流水布置了绿荫。

湿漉漉的响动，无法用笔墨来描述。

绝句不绝于耳，家书泪中微苦。

满腹经纶的人亦召唤你的声情，灯烛共此，

光芒可触。

鸽 子

稻矮、栾树高。
飞来飞去的鸽子，

是被田野爱戴的小学生。
是对办公室和苦思冥想的
否定。

它的翅膀扇动江河，
亦扇动平常人家。

遇山顶就不往上上了。
飞扬的黄昏，黑白即兴，
替我们设计着岁月的刊头。

齐动如画，如曲谱。
将盛大送进我们的心灵。
而它复返的大部分却是轻微的

——合翅而立
敞开无声的致意、小绝句。
即刻抒情的尺度，

是低头看手机的人们
错过的一切。

旗袍店

服饰斑斓。
抗拒是个心碎的过程。

穿旗袍的少女，是一个隐情，
荣华无所用，空寥的内心
爱着我们无从知晓的东西。

入尘世，闭喧哗。
旗袍寥寥的几笔，
无限纵容了俗世之禁——
比如纤足，比如小蛮腰。

亦无限纵容了人生缺憾——
留白的低泣与延续的衰老。

她的疏离之美，
是优雅的女人宣称惆怅。
一言既出，如一根琴弦，
已忘记的故人，会卷土重来吗？

入夜，外面的工地不吵了，

店员的时光仍疲于奔波。

而旗袍上的花朵如文物，
幻化成古人的旧痕。
或移着向前的步子，
或怵惧时代之苦，又折回了身。

镜　子

它说出了纠结之态、
暂新的面目。
说出爱了两次
仍不解的世情。

并迎面，
将坐窗边的女人，
她的年华全部揽入。
然后负责忘记。

"青春逝去，但仍能记起"。
无声无息的时刻，
什么都在发生——
镜子里含着明眸与善睐，
人心里下着暴风雪。

两张宣纸

一张纸用以沉浸。
空如失眠，
漫长、隐蔽，
烛光和萤火不可闯入。

如薄云颔首低眉，
每一片都缄闭有知，
略带计谋。

另一张纸
写着《丽人行》。
诗圣活在低处，
讥讽朝廷奢靡。

扑倒不哭出。
像榆钱飘落，
不问风向。
倔强的筋骨
由纸背相扶。

好纸如薄田，

好诗如契约，
"掺执子之手兮"，
不畏一声追问。

而好纸易引燃，
过于巨大的激动，
不能大意。

真言

真言是一只秋田犬。
白扑扑的表情敢问眼眸游离、
变动的念头。
敢问车马辚辚的大话，
无人动过它。

真言是它赤足的安静。
平见鹦鹉学舌、狐狸奸佞，
捕获的却是器皿的冷却、
秋虫鸣琴。

凝望咬牙切齿者已很久了，
它却使用名士的平静，
佯装一无所知。

而门前的小径是不变的，
归来的人沙沙作响。狂喜过望，
"我爱"，且耽于选择的故意。

"我真正爱起来"，那柔情的暴力，
不是笔触能突破的。之于陈述者，

慎将这内心的私语

更换为磅礴、激荡的句式。

无名的惊骇

钉子锈蚀。为废弃的年月
表达着不解释的权利。

静置，起身。
钉子亦表达过彻底的告别：
掷于炉膛，激情突燃。

锻打。锻打集结冲动，
迸溅的星子如妄言。
淬火，修复旧伤痕，
舍身之处皆是冷静。

这冷静不多也不少，
足够锤子攒下好力气
重重地落下，足够世人后退，
避让它无名的惊骇。

辑三　迷失胜于冥想

金镶玉酒

金玉其外，时间和蛮力
败给了其中的酒。

自我放逐的人从贪杯开始。
一杯饮下了透明的岑寂，

另一杯，饮下了白云、晓风
和谷底的僻静。第三杯不再说话，
万有归于深陷。

金玉其外，辅以水、空气
和十万亩高粱。洞见多孔，
面壁破壁，它用了十年。

而弯曲、平缓、陡峭则是它的秘密。
当长风掠过酝酿之河，
一个殷实的山坡拓阔了新世界。

金玉其外，酒是心灵的一部分。
碰杯之前，赋、比、兴像是早就写好的，
且契合了我们自身的需求。

酒 歌

面对那些窃窃私语的谋士，
一杯酒，以自己的方式发言：

"当我入口半寸，即会撒下网和刀子"。
使不完美的、克制的得救。

使轻率的、荒谬的游弋往事，
选择了忏悔。

"当我入口半寸"，
一腔碎银肆无忌惮地增生，

某人清瘦、光线模糊，
口齿的领悟又锋利又笨拙。

"山河不容讨论"，有酒便是例外。
有某种真诚就不妨碍自得。

彼时，心灵无界限，草木在偷听。
落日飘忽，急着下山了。

踩 曲

无歌可踏时，就踏小麦、水和母曲。
踏出她们的愿望和遐想。

她们的脚也是手，流水一样的笔画
有简体、隶书和甲骨文。

无休止地踩曲，徒步磨出了温度和微生物。
分布均匀的小颗粒，一半来自心迹变幻，
一半来自腰肢抒情。

进出晾堂的脚板暖洋洋的，
一格子一格子的曲坯被她们
盖上了一重岁月、一层身姿。

我惊叹她们对力量的把握，
就像惊叹她们的偏执，必须使每一滴酒
都交错情感，获得给予和取出的能力。

赤 水

这不是辗转后的样子。像春潮
柔润。构成了与旧时光的差别。

鉴于美的不可描述，
几个渡口和完整的姓名将被我
一起遗忘。

但渡河的故事有着不可重来的
永恒性。无声无息时，

赤水河仍流动在所有的事件中，
替它讲述意义——

彼岸幽闭，两只画眉拖着光，
制造着时光之幻，流水之境，

又像对涣散而无所不为的人们
表达抗议。

青杠坡 *

玉米晚熟，蝴蝶也无从捕捉。
纪念碑上的云朵多么散漫呵。

批阅当年，一眼就看花了尘迹。
青杠坡上，大片如同虚构的苦难，
几个花篮并不能表达清楚。

野草阒寂，挤在一起像灵魂的安详。
挂在墙上的勋章，埋在山坡上的千军万马，
正在承受风化。

它们在顺应时间的秩序。
静静地遵循岁月的走向。

* 位于贵州省习水县土城东北 3 公里处，青杠坡战役发
生地。

扰绕村 *

1
又相扰，又缠绕。
红稗、荞麦和银手镯……

代代挤挨。甘愿的生活，
意义不需要太多。

生活的构成秘而不宣——
无底线地说出，无底线地宽恕。

2
又牵扰，又绕过。
腊肉和酒让一颗心灵生出一种滋味。

鱼儿锦和竹编，将年月夹在缝中，
柔情守心田。硬骨，固常在。

地萝卜、刺梨是过路人心头
尚不明了的事物。

这些坚持按节律生发的沉默者，

我绕过了它，就像被绕过。

3
又讨扰，又围绕。
小世界起于转场舞、哭嫁歌。

青、蓝、白布上的图案是世俗的别传、
母亲的心。敬献唱词、婴儿、新娘，

慰藉低处上来的人，如祈祷的低语
和赞美。

4
又云扰，又雾绕。
云、雾没有内容，神性的美

往往不解世情。扰绕村一切都是慢的，
云朵吞进身体，诗意拧不干。

一个人的心头像挂上了面纱，
飘起了可怕的虚无……

＊位于贵阳市花溪区高坡苗族乡。

流星雨

重要的都变成了流星。
失控的金石，是想说出的话。
仰望者，一遍一遍在心里确定
——我不会想你，我不会
想你。

细小的隐私是碎雨，
星辰代我，不羁地流出，
众目睽睽地纷落，
如阒寂里不断崩塌的表达。

云顶失眠，流星雨
多像一段刚开始的恋爱。
它混杂的隐匿之语，是散文和诗。
一行字是：我爱你，
另一行是：细腻的暗夜，
软弱的心。

忆遇见

我们回忆相遇的细节，
那些呼应与回答，反光与暗示
仿佛是裁好的丝绸，
皆来自同一机杼。

我们眷恋无规则的絮语。
你精心的嘱咐令新闻、旧事
和小街口的标语更显灰暗。

我抚亮的铁链和镣铐都是云朵做的，
只与一个人执手。我信命，
你也俯下了身子："若是菩萨
慈恩长赐的，请给我也戴上。"

我们一起盲目，迷失胜于冥想。
像两朵花，从篮子里蔓出来，
没想好怎么开，就开了。

我们一起盲目，仅两株萱草，
彼此依附，就有了自己的
地平线。

石门胜景

滔滔不绝的风，
推向滔滔不绝的梯田。

油菜花湿润成油画，
意在强调一个新鲜的日子
——准备充足，启示无声。

杜鹃花、山茶花亦绽开了。
不息的风情，像赎罪，
引爆了多少寡欢者？

喁喁私语，天涯释然，敞开。
松树下，有摩崖石刻
凝练石门的幽深。

"永镇边夷"，可比喻孤独，
吹磅礴的风，但不轻易赞美山水。

仅以粗糙的灰暗表达千钧平仄，
不被看见的公德，朝代可考，
笔墨凋敝。

竹 子

竹子沾露水，被视为干净的墨。
一笔之力与污渍划清界限，
另一笔用来画无犯错的空间
和神的私语。

百合花

她主动开花，为了使陌生人
把想说的话袒露出雪白。

她携带的皎洁是被看见的氛氲，
为了使爱了之后的孤独者
生长心声，并说出。

也曾修葺昏暗、萧瑟和破旧，
被忠诚、离散之悲和匆匆的日子
所爱慕。

而无限的外延，有时只是一个小地方，
只被一个人接近。

但对于一眼就认清的谎言和生活，
却仍在追问的人，

百合花就是一束吃力的认知。
白如黯淡，优柔如乞怜。

失眠的人

失眠的人辗转反侧。
当深夜与他一起无所事事地晦暗，
一个生命脆弱极了——

任何一阵均匀的呼吸传来，
都会激起他内心的刻薄。

模糊的旧清单越来越清晰，
一杯茶渐渐凉了。

窗外，隐约传来王菲的《约定》，
想必所有相似的人都分泌出
一阵伤感。

在索寞中感动、啜泣。
窗帘晃动，就像在刻意破坏他
失眠的哀愁：说不清啊，

说不清自己究竟是害怕孤独，
还是出于自愿，守着它。

井底之见

我此刻的安静
即为自己的局限性。
不想问题，
不质疑自己所见。

甚至有些事情仍需要低头，
寻找一个自禁的井底。
如果它终归于大海，
我将欢欣地说，
一场好危机并不算浪费。

难 题

女儿问：妈妈
那个跳楼的人
是因为想不开
还是想开了？

我虚弱了一下，
对一个十岁的孩子
保持一阵
陌生的审视。

水深三尺，
哪一寸才是有用的？
毕竟有些事，
我懂的比她少得多，
在今天之前从来没有
留意过。

垒

当那些石头在心里
垒起来之后，
他对身边发生的一切
皆不赞同。

高速公路上

大雪围困，
一个脏兮兮的人杵过来
卖方便面。
一个养尊处优的人
下车，忍不住流连
他鄙夷的事物。

蝴 蝶

1

凭借翅膀，
便可以使空间增大。
凭借轻盈，
便可以使强劲服软，
平息一颗走乱的心。

花木倒影在意它片刻的
摇曳。而巨石木讷，
不知蝴蝶斜着身姿，
为其处理掉了
多少寂寥。

2

相比花丛草径，
有深渊的地方
它更想去。
山谷沉默时，万物谨慎，
只有蝴蝶，只有
蝴蝶燃起的火焰
追得更深。

康德的皮鞋

没看过康德文字的人
拿着笔去拜谒康德的皮鞋。
弯腰，鞠躬，默念了很多的
愿望，且言辞恳切。

皮鞋被尊敬得如此虔诚。
我羡慕它的命，并替它表达了
难以启齿的惶惑。

覆水难收

覆水难收。覆水漫过前朝。
漫过错过的商品房，涨了二十倍。
多年以后，一个银行小职员在点钞，
他忧愁着：这哗哗流逝的钞票，
多少才够一切重新开始。多少
才够鄙夷那个曾经背叛过他的女人
——孔玉丽。

云顶诗会

太拥挤了，
到处是手机铃声、彩排
和宣传纸。望过去，
密密麻麻的人挨在一起。
掌声、捧喝如汪洋。

后排的人挤到前排，
仿佛分到一点灰尘也能励志。

到处是素不相识的人，
语言暗哑，内心的旷野
蹲到了绝壁上，骤然狭窄起来。
而每个人之间的距离却感觉
很遥远。

麦克风、音响轰鸣，
诗会加入一个唯心的世界。
一排旗袍上，牡丹花绚烂的程度
强不过我此时的孤独感。

李子树

园子里，
那棵不挂果的李子树
请不要看我，
我也不会看你。
有时候，荒废
需要自感有用
才行。

查字典

在一本字典里，
能查到鸟，体温恒定，
全身有羽毛，会飞。
却查不到它的思绪和愿望。

能查到河，天然或人工的
大水道，却无法涉足其中。

最大的败笔是查到心。
它只是人和高等动物身体内的器官，
并不用作抒情？

"心"字平静且略带委顿，
看不见有人心如刀绞，
有人暗自窃喜。

心碎时，世上一日即为一声叹息，
天下之人皆为无情之物。

心合时，曾经被锁住的声音
高亢、安抚，一份汗涔涔的谅解书，

容得下万物。

一本字典，有漏洞似的，
能查出一把汉字，
却查不出你想要的东西——
寂寥、脆弱、茂盛……诗。

惊 慌

独自走在路上，
我惊慌于口罩脱落、春风拂面的
瞬间。今夜无月，星宿隐忍。
迎春花开得多么繁密啊，
它们渴望人间的样子，
是全然不知艰难与危险的那种。

巴望着

竹枝影瘦，桃花有言但郁结。
潺潺纸上，可言说的很多，
也不多。燕子、喜鹊我都添加了。

到处是空旷的宁静，
无边的沉默，令梧桐树上的乌鸦
也闭上了嘴巴，巴望着下面的长椅，
无辜地黯然，默哀一样。

互动

我们共同路过的风景，
夹竹桃上不断覆被了新绿。

殷勤的鸟叫多么渴望互动
或安抚。细小的生命呵，
原谅我，不能对你大声说话，

并愿你知道得少一点。
我们必须过到胆怯、归零、承认过错，
才能度过整个春天。

花 香

持续地寒冷，春风
无法对蜷曲的种子、自禁的枯草
交出爱。因为孤单，
蜡梅先自开了一树的花。

淡黄的火焰如一句一句的药引，
欲拯救，又无可救。有祈望，
但已放下。采撷不邀人，
以驯服之心隐藏自己，
将纯粹的香味作为祭献，
为新生所用。

我与流浪狗

跟了我两个路口。
无数次地停顿，无数次地拦截、
站立。激动的小蹄子
始终与我的裤脚保持着
克制的距离。

痴心地追随比起开口说话
更容易被理解，更有人情味儿。

我怜悯它对我的信任。
想必那些萍水相逢的真慈悲
和假正经都没有被它辜负过？

我怜悯它绕到我身后的低吠，
为它俯下身子，
"像云朵，俯身于我"，
笑容脆弱，柔情泛滥。

雨

起风了，雨没有忍住。
密密麻麻地破碎，
砸向关起的门窗。
像一段欲说的话，急于脱口，
决堤般地流放于一小块池塘、
一把伞和几枝因克制
而染上寂寞的花骨朵。

我的裁缝

她裁过的衣物，
是完美的小体型。
既有起伏与收敛，
亦有恳切于暗处，
契合任何人的范畴。

针脚穿过的地方，
如写下的一行字，
稠密、曲折。
似在斜坡和平地上
丢下了情节与小径。

缝纫机上，
桌灯一亮再亮，
照料着一个人的站台。
五颜六色的丝线与锦绣衣衫，
只隔着行走的手指。

她不说话，花纹和尺度，
立体和平面的匠心
是她的言语。长长的平静后，

铺展、提拉、熨烫，

最后，嘭嘭抖掉可能残留于

衣缝间的生僻之气。

合欢树

叶子像含羞草
未见响动，却碎影翻飞。
似有低语欲说，
亦有怨气欲克制？

哦，将心比心吧。
那一刻，它心里
是不乞求承诺的。

而枝杈飞絮垂紫，
欲翕动的花朵有时与风做戏，
与鸟鸣拖拽。

有时低徊芬芳，摇曳的姿势
是一小簇新鲜的
相思病。

林中多耶 *

手与手交织，腿与腿设下了
伸伸走走的节奏。陌生人
绕过彼此无关的身世，
热切的黄昏，正被夕阳看见。

所有的人离却了身份，
评头论足者沉溺于好歌的教诲。
老人挺直腰板，喝彩的游戏
褪袪着他们的老年斑。

平凡是生活，失败也是一种生活，
边寨舞蹈，表演我们内心的潮涌。
越来越多的人，搭肩呼喊：
看啊，我们围成的篱笆。
既有歌声荡漾，又可透光，
可挽留，可过风……

* 多耶舞是中国侗族传统民间舞形式之一。

不知名的昆虫

你知道，阳光总有一份，
不必争。你极力缩小自己，
掘进土层，打起了瞌睡。

天空俯下身来，叹息，
一个不爱远大的你，
埋在深处，多么清瘦。

芦苇和蒲草眼睁睁地看你，
明明灭灭地来，迷途难返地走。

摇曳声类似嘱咐：
别再模糊了善与恶。
别再嘟来哝去，悲凉无声。

看他的老照片

别说我六十一了，好吗？
那个狂妄的人，变得多么温顺。

也开始在乎时间了：那时候，
我外表沉静，内心有豹子般的花纹。

他晒出了一张绝无作弊的照片，
年轻得像个喜剧演员。

不知庄重的样子，静美无意，
幽默至极。令我笑出了眼泪。

如今，离将来越来越近，
同是一个人，他劳作和生活时
聒噪声变得越来越小。

霜降之日

树叶一茬一茬地落。
与春天的绿，不可一世的疯
判若两样。

生与死晾在老房子外面，
无从求索。再惆怅，
都不要埋怨季节凋零。

再留恋，都要主动退出主角
和一路风光，不想后悔的事。

没有一反常态的秋天，
也没有一反常态的枯黄。
剩下的残枝影瘦交给风打理吧。

夜漫长，清寒如纸，
静静等待月光，过来翻越。

隐秘的温柔

桂花正开。浓香淡了，
淡香又浓。此岸疏通，
彼岸又堵上了。

黑暗中，微风频繁暗示，
花粒解胸顺从。不能说出的暗语，
如同接受了男人表白的爱情。

当晚，有人蹲在树下，
向另一个人叙述：因热爱桂花的
香味，而被它隐秘的温柔
杀了一次。

油菜花

1

向南的窗户下，
一朵油菜花是安全的。
被疏忽的明妍，浪费着美好，
内心尚无负重的准备。

2

连成一片的油菜花，
生机盎然成某种劝说：
从往事中挣脱出来，
将内心镀上一重猛然的光亮。

3

她们共同装点岁月，
按命理中的去向，不按约定俗成，
去路遇自己命定的人，和事。

西府海棠

花朵孱弱，
犹如胆小的孩童。停工的场地
意识到了她的存在。

模糊的世情此刻清晰。
每一个不打算拥有她的人，
都被她的芬芳拥抱过，
且平息了心头的负重。

她全部的言辞多么轻。不问世事
但慰藉伤怀者和被忽略的。

盈盈作乱即为矫强，
素香不畏世态，不弃失败者，
顺便将一片破败的欲望
和一堆碎瓦砾的对立网住。

簌簌生息有多少，
就有多少勇气与赞美。
一树碎念如召唤，
被急切的时间和喧哗的机器感知：

唯习习烂漫不用凭借争斗撷取。

花瓣落到智者身上，如同"无知"

宽容着"已知"。

秋 日

晚风吹，斧子生硬。
明月在，草根往深处扎。

秋日像枉费心思的答案：
信誓旦旦的梧桐树，
叶子落了一地。

而丢遍人间的谷堆呵，
这普通人度过的挥汗时光——

大寒、小寒、五月、谷雨……
此去已数日？此去已数月，
已数年。

动 情

酒器上，春色、红屋顶
与美人刻在一起。有出入的描述
源于从未造访过辛楚的生活？

四月半的缅怀者，有些动情，
连饮了五杯酒："风刮不退。
风吹起的轻，落去了碎纸片。"

不起眼的广告填满伟业和女人，
自明着怂恿与逼迫。而三寸哀愁
则无以描述，在建筑物面前矮了半截。

片段，恍若。白酒冲破内心，
说出了缄闭之苦：
大雪、小雪一再重复世间冷冽，

心头的冷也情愿不再融化，
包括"你在我身边，
我仍然感到孤独"的那种冷。

海洋和小舟

每想你一次，
天上就有一滴雨落下。
雨与雨滴答在一起，无声无息。
直至它们
连成一片完整的海洋。

而我，是海上的一叶小舟。
起风了，一沉一落，
无桨橹的漂浮
多么危险。

两棵苹果树

一棵树开白花，
心里想到你，就有了响动。
另一棵树步态磨蹭。
容不得一点杂色。

这有限的好，
看得见的和说不出的
皆为食者所得。无限缩小了
耕种者匍匐于土地的姿势。

有清风吹来，
苹果树的心胸落在了明处。
贫乏的词语并不能写出这狭小、
这偏缺。写不出这无言世界里
的错过与深陷——

每一处甜蜜的气息，
都陷入过过客、星星，陷入过
"就此珍重"的低徊：
一个我已经忘了的谁，现在
又重新想起来。

我之所爱，皆在水中

以整片海的见识
来对付一条鱼的单纯，海
是徒劳的。以一场海啸来对付
一条鱼的沉默，海啸输了。

鱼在海底，三缄其口。
一日苍白，一日星月过忘。
兀自荒废着逆水行舟、鸟翅云朵。

起风了，海水危险又动情：
我之所爱，皆在水中。

庄子长歌

1
昨夜，我梦见了他，
在翻身而过的时光中重生一只鹪鹩，
放飞于森林筑巢，只占了一枝。

他说那即是他的生活之需，
无限靠近了万谷颗粒的喜悦。

他还重生了日月和及时雨。
有时阳光很好，有时
他冒雨出门，侍稼穑。

2
在向阳的地方，
他的冥想与布衣大袖
时常被椿树的枝杈勾住。
萌芽长出时，

他感召下的几只灰鸽子也频频
展开了翅膀。

他窥探世态，由蜂蝶虫鸣跟着
在道路上雀跃。彼时，
青睐与歌唱无拘无束地对答。

它们不会使用语言，
不涉及高谈阔论。不会哭诉贫穷。

因此，也不可能对他有过低眉
与讴歌。

3
他熄灭了土坯上的油灯，

冥想的章节在心里，如穿梭来往的
流萤，扑打暗夜里的狮群。

他遁迹民权，像个埋伏者，
私听寒蝉对木槿的耳语——

世界如此辽阔，我们却不可能相遇。
万籁俱寂时，一坡芍药拓下了

你留在草地上的阴影，
先于我，抖掉世上的灰尘。

他维持短暂的无措，
兀自与天上的白云聊了一阵。

两种生命不能靠近时，
薄识和远见都获得了启示。

4
明明手无寸铁，却仿佛握着
一部法典，凿证和存疑都在远处
等着它。

5
他沉默的姓氏被传颂成
惊动地面的传说和故事——
如灌木丛中的密径，
隐入群峦背后。

春夏用以流淌清澈的溪流，
秋冬用来拥戴浓云，
带动蔚蓝和风。

6
谁索取过一本圣贤书里的

字词和绝句，谁就握住了
剪去羁绊的利刃。

做一次破坏者，让灵魂顷刻奔跑成
一群闪动的小鹿。

太阳底下它们狂欢，万物生长，
万物作别。不管清风吹与不吹。

7
他退于庙堂之下，退于惠施身后，
因变得抽象而一望无际。

众草伏倒时，太阳和他彼此照耀，
像无偿获得了赞美。

在风中，他如大鹏，企及山巅、
水系，静观河流倒退了树木，
静观太阳从东开始，从西收尾。

某个时刻他展开巨翅，伺机而下，
一片自带空旷的孤云，
推开宋国，批阅人世。

8

春与夏有扯不清的纠缠，
想要弄明白许多事情，
出头之日都不敢想。

索性后退三步，写下：
意有所至，爱有所亡。

一只野蜂迅速飞过菜地，
与逍遥之人保持着陌生的
距离。

施爱，毕竟比对立，
比同来途争容易得多。

9

与一棵白杨混在一起时，
青草想要讨要性命的根本，
却被白杨偷着审问了三次。

沉默之人踱出窗外
动用尺子，在一对仇敌的性命上，
刻上了相同的长度。

彼时，他心中攥着的法度，
不断地修剪着林中的防备与谬误。

10
白驹为神，梁国拉上了帷幕。

一张供桌上，一个作古的人偷闲。
看我，如叮叮雕凿；看暮色或积雪，
如起身隐退。

他发现的生活
其背面聚集着花香、秀木和雨水。

以为鹪鹩被英雄笑傲，未必它真的
卑怯、弱小。

以为正是井沿上失足的石头
扑通一声跌落，
治愈了整口井的孤独症。

11
福祸空投于世时，神仙也叹息。
生死小于秋毫之末，生死多数时候
忽而平息。

12

有无数次，

他被挣命于原野上的来人拦住，

极富耐心地询问："你可靠的谶语

挫败了落日，还是冷却了星辰？"

13

一样长短的夜，

他的梦里有蝴蝶翻来覆去。

晃动的夜，

月光养育十里寂静，

一团白光多情而生，烂醉如泥。

一样长短的夜，蝴蝶的梦里有他，

沉淀着深黛色的静谧。

补香息，赶采撷。

惟愿随他巧合的一生纷飞，

乐观而盲目。

它们或醉卧万亩花圃

或越过葵花地，虚无般地从河边

一直扇到悬崖。

孤枕的空茫处，风景颤动着，
到处飞。

14
流水与鱼，各游各的。
水肯定，只要鱼不跳龙门
就不必担心一去不复返。

一条鱼被淹没了，才够强大。

鱼，往返三趟，念诵啄水的纲要。
一本正经的回答，并没人听见。

濠水桥上，牧鱼者灵光动人，
与鱼互相服从着。

他如木鱼沉声：一种需忍耐的快乐，
到底能在谁的心里
解脱了自己？

15
风鸣，在一头牛的骨缝里

飘荡回声。不借风势，一把刀子
单刀赴会，在骨缝间，

足以远涉高山流水，
足以远涉蜿蜒的天际，划出地平线。

明明是抱负行走于刀锋，
却感觉落脚之处，处处有神灵。

一把刀子的世界
是一团晃晃的亮光，

而我是天真的权谋者，渴望成为
那个手握刀柄的庖丁。

16
现在，他必须认命，

那尊塑像、植物园和草地就是他，
但他不随人观物，静止，噤默。

这个下午，神的意思被他胁迫了。
出于尊重，他默默救赎和升高了所有

来拜访的人。

17
九月，已经空了，大风吹走了它们。

至人、神人、圣人，天籁、地籁、人籁，
来不及被我求解而依旧永生的事物
已高耸入云。

迫切地，打开夕阳下的窗户。
却是满眼的一地生活，正因秋风
而落满了积叶。